GUÍA DE LECTURA

Escrita por Julie Mestrot
Traducida por Laura Soler Pinson

El gatopardo

de Tomasi di Lampedusa

Entiende fácilmente la literatura con

ResumenExpress.com

www.resumenexpress.com

GIUSEPPE TOMASI DI LAMPEDUSA

NOVELISTA Y ESCRITOR DE CUENTOS ITALIANO

- **Nacido en 1896 en Palermo (Italia)**
- **Fallecido en 1957 en Roma (Italia)**
- **Algunas de sus obras:**
  - *El gatopardo* (1958), novela
  - *El profesor y la sirena* (1961), cuentos

Miembro de la aristocracia siciliana, Giuseppe Maria Fabrizio Salvatore Stefano Vittorio Tomasi, duque de Palma de Montechiaro y príncipe de Lampedusa (1896-1957), es hombre de una sola novela y de algunos estudios literarios, en concreto sobre Stendhal. Muere justo después de haber escrito *El gatopardo*. Su carrera es ante todo militar, y participa como teniente de forma sucesiva en las dos guerras mundiales. En 1932, se casa con Alessandra Wolff-Stomersee, una psicoanalista que ha crecido en San Petersburgo. Al igual que el protagonista de su novela, Lampedusa se apaga en un hotel de Palermo sin haber visto publicada su única obra.

EL GATOPARDO

SICILIA, UNA PASIÓN Y UNA MELANCOLÍA

- **Género:** novela histórica
- **Edición de referencia:** di Lampedusa, Giovanni Tomasi. 1980. *El gatopardo*. Traducido por Fernando Gutiérrez. Barcelona: Argos Vergara. E-book en PDF
- **Primera edición:** 1958
- **Temáticas:** historia de Italia, aristocracia, declive, muerte, soledad, ambición

El gatopardo cuenta la caída de una familia principesca y, a través de ella, el destino de toda la aristocracia siciliana del *Risorgimento*. La novela mezcla diferentes géneros: ante todo, histórico, pero también hay una dimensión autobiográfica, y se caracteriza por la posición singular que se le otorga a la subjetividad del héroe.

Cuando se publica en 1958, no obtiene de manera inmediata los favores del público, a pesar de obtener el Premio Strega (máximo galardón literario que se puede ganar en Italia). En ese momento, la escena literaria y cinematográfica italiana está dominada por el neorrealismo, que favorece la descripción sin artificios de la sociedad contemporánea y la exaltación del antifascismo.

El gatopardo es considerado hoy en día uno de los clásicos de la literatura italiana y figura en el programa curricular en Italia. La adaptación cinematográfica que llevó a cabo Visconti, extremadamente fiel, obtuvo la Palma de Oro en

Cannes en 1963.

RESUMEN

EL ANUNCIO DE UNA NUEVA ERA

La novela se inicia con la recitación del rosario y con la descripción del príncipe de Salina, don Fabrizio, con «ceño jupiterino» (Lampedusa 1980, 9), de su palacio en Palermo, del reino de las Dos Sicilias y de su familia. El príncipe de Salina forma parte de la antigua aristocracia italiana, a la que representa en este relato. Es un hombre culto y poderoso.

En mayo de 1860, don Fabrizio, el príncipe, entabla una conversación política con su sobrino Tancredi, a quien le profesa más afecto que a sus propios hijos. Más tarde se enterará de que Concetta, su hija, está enamorada de Tancredi, y no aprobará esta relación, puesto que la considera indigna de su sobrino. Este último es un personaje ambicioso, dispuesto a muchas cosas con tal de alcanzar sus objetivos.

En aquel momento, Italia está sometida a muchos cambios y entra en la época llamada del *Risorgimento*, que concluirá con la unificación del país y con la creación del sentimiento nacional. «Si queremos que todo siga como está, es preciso que todo cambie» (Lampedusa 1980, 20), explica el príncipe a su sobrino. Este desea, en realidad, unirse a los partidarios del rey Víctor Manuel II, favorables a la unificación de Italia. Al igual que el resto de la aristocracia siciliana, don Fabrizio teme que se abolan sus privilegios con una unificación que implica que se una el reino de las Dos Sicilias al resto de Italia y que caiga el rey Francisco II, que reina en ese momento en Palermo. Desgraciadamente para él, al día siguiente se le informa del desembarco en Marsala del general Garibaldi, que lucha para la constitución del Estado italiano.

A continuación, don Fabrizio se dirige al observatorio del padre Pirrone, su confidente y amigo. Ambos mantienen una conversación acerca de los recientes acontecimientos políticos y los cambios venideros: la llegada de la burguesía como nueva clase dominante y el destino de la Iglesia. Tras esto, los dos hombres se dedican a su pasión conjunta: el estudio del movimiento de los astros.

Durante las vacaciones, el príncipe y su familia van a sus tierras en Donnafugata: «Le gustaba la casa de Donnafugata, la gente y el sentido de posesión feudal que sobrevivía en ella» (Lampedusa 1980, 34). Pero don Fabrizio se encuentra una ciudad cambiada, en particular por el ascenso de don Calogero Sedara, jefe de los liberales, que ahora es tan rico como él. Ve en él a «la revolución burguesa» (Lampedusa 1980, 55). Además, no tienen el mismo carácter. Estas diferencias se expresan mediante las metáforas del gatopardo y del chacal. Sin embargo, a medida que pasa el tiempo y que el príncipe aprende a conocer a Sedara, se difumina esa diferencia social que al principio existía entre ambos. De hecho, el príncipe reconoce la inteligencia pragmática de Sedara. Por su parte, Tancredi queda inmediatamente prendado de Angelica, la hija de Calogero, por su increíble belleza y por su riqueza. En ese mismo momento, se desvela su posible relación con una chica del pueblo, simbolizada por el fruto corruptor.

Poco después, Tancredi pide al príncipe la autorización para casarse con Angelica. Stella, la mujer de don Fabrizio, se indigna, mientras que él se muestra favorable a esta boda, aun cuando se trata de un mal casamiento. Otros, como don Ciccio, tampoco ven con buen ojo esta unión: «Esto es una porquería, excelencia. [...] Es el fin de los Falconeri y también de los Salina» (Lampedusa 1980, 69).

Cuando el padre Pirrone va a visitar a su familia a San Cono —acontecimiento que, además, permite evocar las condiciones de vida del campo—, tiene que desenredar una situación familiar compleja. Angelina, su sobrina, embarazada de tres meses, ha sido seducida por el hijo de Turi, de una rama enemiga de la familia. La disputa se remonta a dos generaciones atrás y tiene que ver con el robo de unos almendros. Parece evidente la comparación con la boda de Angelica y Tancredi: los motivan la misma sensualidad y el mismo afán de lucro.

En la caza, el príncipe se entrevista con don Ciccio acerca del plebiscito amañado en Donnafugata. Este plebiscito somete a voto la aprobación de la unificación. Bajo la presión de las personalidades locales, algo que claramente se denuncia en *El gatopardo* («la estúpida anulación de la primera expresión de libertad que a ellos se les había concedido», Lampedusa 1980, 65), los sicilianos votan en masa a favor de la unificación: 432 000 a favor, 600 en contra. Paradójicamente, el príncipe vota a favor de la unificación.

En noviembre de 1860, el príncipe recibe la visita del piamontés Chevalley de Monterzuolo. Habla con él acerca de las diferencias entre el norte y el sur de Italia. Chevalley propone al príncipe que se convierta en senador del reino. Este rechaza por fidelidad a los Borbones: «Nosotros fuimos los Gatopardos, los Leones. Quienes nos sustituyan, serán chacalitos y hienas, y todos, gatopardos, chacales y ovejas, continuaremos creyéndonos la sal de la tierra» (Lampedusa 1980, 102).

Dos años más tarde, los Salina y los Sedara van a un baile en el palacio Ponteleone. Angelica se presenta ante el mundo. Su padre se queda extasiado ante el lujo del palacio, «insensible a la gracia, atento al valor monetario» (Lampedusa 1980, 122). Por su parte, el príncipe, cansado, se refugia en la biblioteca, donde contempla el cuadro de Greuze, la *Muerte de Justo*, y se plantea su propio final. Pero un baile con Angelica le trae de nuevo la serenidad: «A cada vuelta que daba le caía un año de los hombros» (Lampedusa 1980, 125). En el camino de regreso, contempla las estrellas: «Estaban lejos y eran omnipotentes y al mismo tiempo dóciles a sus cálculos; precisamente lo contrario de los hombres, demasiado cercanos siempre, débiles y también pendencieros» (Lampedusa 1980, 129).

EL FINAL DE UNA ÉPOCA

Poco después, se nos presenta al príncipe agonizando en la cama de un hotel mísero de Palermo. Recibe la visita final de Tancredi y de su nieto, Fabrizietto. Don Fabrizio expresa unos pensamientos amargos sobre su vida y sobre su familia: «El último Salina era él, el gigante desmirriado que ahora agonizaba en el balcón de un hotel» (Lampedusa 1980, 134). Le sobreviene la muerte, encarnada por una bella mujer vestida de viaje.

En mayo de 1910, se descubre que las tres hijas del príncipe, incluida Concetta, se han quedado solteras. Reciben en su palacio de Palermo al vicario general, que viene para preparar la inspección de las oratorias privadas de su archidiócesis, según lo dispuesto por el papa: tiene que comprobar la autenticidad de las reliquias religiosas que las tres mujeres han reunido. La piedad que tienen, su vínculo con la nobleza de toga, que debería simbolizar el gran número de reliquias acumuladas, se presenta como la última señal de su pertenencia a una aristocracia en declive. Al final de sus análisis, el cardenal de Palermo declara que solo 5 de las 74 reliquias de la familia son auténticas.

Concetta, que en su habitación tiene «un infierno de recuerdos momificados» (Lampedusa 1980, 142), contempla su ajuar inútil. Recibe la visita de Angelica, amenazada por la enfermedad, y más tarde del senador Tassoni. Concetta se nos presenta como una auténtica Salina, aunque menospreciada por su padre. Al final de la novela, tira a Bendico, el perro del príncipe, que está muerto y disecado, y cuyo pelaje gastado se parece al de un gatopardo.

ESTUDIO DE LOS PERSONAJES

DON FABRIZIO, PRÍNCIPE DE SALINA

Don Fabrizio es el protagonista de la novela y proviene de la antigua aristocracia siciliana por parte de padre, ya que por parte de madre sus orígenes son alemanes. Se le describe como un hombre poderoso, grande y con un carácter impetuoso, y se nos presenta como Júpiter o Poseidón. Su físico le otorga también un aspecto leonino, por lo que queda asociado a un gatopardo, el escudo de armas de la familia Salina. Tiene junto a su mujer, Maria Stella, siete hijos, pero su preferido es su sobrino, Tancredi Falconeri.

El príncipe se distingue sobre todo por una cierta ambivalencia y complejidad en su carácter. Este hombre sensual, por otra parte, se entrega como un científico al estudio de los astros, y el enfoque interno de la novela revela la riqueza de su vida interior y de sus aspiraciones intelectuales. En la obra, se enfatiza la subjetividad del príncipe, a la vez orgulloso, intrépido, melancólico, sensual, contemplativo, colérico y benevolente.

Para acabar, el príncipe se nos presenta como el símbolo de toda la aristocracia por su carácter, su destino y sus decisiones. El *Risorgimento*, la revolución italiana que apuesta por la reunificación, inquieta con razón a este hombre que va envejeciendo y que reflexiona acerca de las consecuencias que el cambio sociopolítico tendría para la aristocracia y para el antiguo orden feudal.

TANCREDI FALCONERI

El joven sobrino del príncipe, su favorito, es seductor, socarrón, responde al prototipo de arribista ambicioso y analiza de manera muy inteligente los acontecimientos políticos. Aunque primero parece que la elección de casarse con Angelica responde a un ideal romántico, lo cierto es que viene totalmente de un cálculo financiero.

El destino de Tancredi se presenta de forma inversamente simétrica al del príncipe. Cuando don Fabrizio está en declive, asistimos al irresistible ascenso y a la juventud de Tancredi. Pero los compromisos de este le impiden ser considerado el último representante de la familia Salina, de los gatopardos.

EL PADRE PIRRONE

El padre Pirrone es el eclesiástico de la casa Salina. No se puede separar su figura de la del príncipe de Salina, con el que forma una pareja pintoresca. Este personaje, jesuita y sabio matemático, adquiere a lo largo de la novela una complejidad que podría otorgarle incluso el papel secundario. La quinta parte, que está enteramente dedicada a él, permite conocer más sobre este personaje que hasta ese momento iba a la sombra del espléndido don Fabrizio: se evocan por primera vez su origen popular y el gran respeto que se le profesa. Cuando tienen lugar las disputas familiares, el padre Pirrone demuestra una gran habilidad y un cierto conocimiento de la naturaleza humana.

El tratamiento del padre Pirrone es sutil: el narrador se burla amablemente de este personaje que ya no tendrá su sitio en la nueva sociedad tal y como se perfila con la muerte del Gatopardo. A continuación, la religión, representada en el último capítulo por el clero, ya no muestra la condescendencia amable y bonachona del padre Pirrone para con las debilidades humanas.

DON CALOGERO SEDARA

Sedara es el padre de Angelica. Si don Fabrizio es un gatopardo y Tancredi un halcón, Sedara se nos presenta en la novela como un chacal. Representa a la burguesía corrupta, que triunfa durante el *Risorgimento*. Sedara es el centro de numerosos comentarios satíricos por parte del narrador: vulgar, materialista y ridículo, solo logra suscitar el interés del príncipe con su inteligencia, muy pragmática, su astucia y su olfato para los negocios.

Se encuentra en las antípodas del príncipe. Encarna al hombre nuevo, la nueva burguesía que llega para sustituir a la aristocracia en declive en el poder.

LOS PERSONAJES FEMENINOS

Los personajes femeninos, hijas de Eva o de María, son tratadas sin condescendencia en toda la obra. En cierto sentido, esta representación es fiel al estatus de la mujer en la Sicilia del siglo XIX, que podríamos catalogar, cuanto menos, de machista.

En concreto, las mujeres de la familia Salina aparecen descritas muy frecuentemente como piadosas y sumisas. Su actitud las confina en un inmovilismo que a veces es ridículo. Están educadas según los usos de la época, son todas devotas, ignorantes de los desafíos políticos y se apegan con fuerza a los signos superficiales de su pertenencia a la aristocracia.

En este retrato de la familia Salina, Concetta, una de las hijas del príncipe, es la excepción destacada: de todos los hijos del príncipe, ella es, por otra parte, la única que cuenta con ciertos pasajes de enfoque interno. Se nos describe a Concetta como una auténtica Salina, que sin embargo ha sido sacrificada en aras de la historia y del pragmatismo. Enamorada de Tancredi y rechazada por este, también adquiere la dimensión de una protagonista novelesca trágica.

Por su parte, Angelica se desmarca de manera espléndida del resto de las mujeres de la novela. Es extremadamente bella y representa el movimiento y la sensualidad. Pero el narrador nos revela también su naturaleza profundamente hipócrita, ambiciosa y superficial. Aparece representada como una hija de Eva corruptora, que logra que la casen con un aristócrata, a pesar de sus orígenes oscuros. En la novela, es una víbora o una loba, y es igualmente la encarnación de las fantasías masculinas y un doble del personaje de Tancredi.

CLAVES DE LECTURA

UNA NOVELA HISTÓRICA

El gatopardo es una novela histórica. Es decir, mezcla acontecimientos reales con elementos de ficción. Por una parte, *El gatopardo* presenta de manera fiel unos acontecimientos históricos que marcaron la Italia del siglo XIX y se basa en un auténtico trabajo de documentación. Por otra parte, saca a escena a personajes de ficción, en particular, a la familia Salina, que nunca ha existido, pero cuya evocación parece inspirarse de los propios antepasados de Lampedusa. De acuerdo con el género de la novela histórica, todos los personajes y acontecimientos ficticios son completamente verosímiles con respecto a la verdad histórica.

La historia de los acontecimientos es el telón de fondo de la novela. El destino del príncipe de Salina tiene como marco y problemática central el *Risorgimento*, un momento muy importante de la historia de Italia que desembocó en la unificación del país que conocemos hoy en día. En efecto, *El gatopardo* se inicia en el momento del desembarco de Garibaldi, general y jefe político italiano, protagonista principal del *Risorgimento*, en Marsala, Sicilia, el 11 de mayo de 1860. En ese momento, Italia se divide en tres partes: los estados pontificales; el norte, bajo la autoridad del rey Víctor Manuel II, respaldado por los austriacos; y el sur, llamado reino de las Dos Sicilias, donde reina Francisco II. La expedición victoriosa de Garibaldi hace que la aristocracia y el rey de Sicilia se sometan a Víctor Manuel II. En el capítulo 3 de *El gatopardo*, se relatan la organización y los resultados del plebiscito organizado por Víctor Manuel II el 21 de octubre de 1861, con el que los sicilianos tienen que pronunciarse acerca de la unificación. La importancia de las fechas al principio de cada parte, el recuerdo de los principales acontecimientos de una época agitada, la mención de personajes que realmente existieron (sobre todo, Garibaldi) y la evocación realista de la vida de la época contribuyen a que esta obra sea catalogada como novela histórica.

Sin embargo, el punto de vista que domina en el relato es el del personaje central, miembro de la aristocracia: el *Risorgimento*, la unión de las Dos Sicilias al reino de Italia y las agitaciones sociales se nos presentan a través de la mirada de este testigo, que observa los acontecimientos desde la retaguardia. Así, son sobre todo los cambios radicales de las relaciones sociales entre la burguesía y la aristocracia los que conforman el eje principal de la trama. Al final, más que exponer los acontecimientos con detalle, se opta por sugerirlos. Se habla de ellos sobre todo a través de recuerdos, de conversaciones, y generalmente se presentan en estilo indirecto libre.

La novela se estructura en torno al juego de fuerzas sociales, representadas por los diferentes personajes de la novela:

- don Fabrizio encarna a la aristocracia extenuada, replegada sobre sus tradiciones. Sin embargo, a lo largo de la novela, el príncipe empieza a mostrar una cierta lucidez y así asume, por ejemplo, la perspectiva inevitable del final del mundo que conocía;
- por supuesto, don Calogero, con ese ascenso fulgurante, representa a la burguesía creciente. Este personaje es

inteligente y no tiene escrúpulos, y va en busca de poder;
• Tancredi es, en cierta medida, un falso protagonista, que se adapta a la perfección a esta revolución ambigua.

La obra de Lampedusa transmite un cierto pesimismo frente a los acontecimientos narrados. Ningún grupo social escapa a la mirada desilusionada e irónica de Lampedusa, que parece criticar de manera general la falta de ideales, de valores y el carácter inexorable del tiempo. Por lo que nos cuenta el autor, parece sobre todo que la esperanza ya no reside en la nobleza, y que los recientes acontecimientos no anuncian un panorama político menos pesimista. El plebiscito amañado «estrope[a] las almas» (Lampedusa 1980, 64); la mitificación grotesca de Garibaldi y el surgimiento fallido de la democracia son vituperados. Los nuevos poderosos no actuarán de manera distinta a como lo hacían los antiguos, el mismo arcaísmo seguirá ampliando las distancias entre el norte y el sur, y Sicilia quedará igual, en la miseria.

UNA REFLEXIÓN METAFÍSICA SOBRE EL HOMBRE Y SU RELACIÓN CON EL TIEMPO Y CON LA MUERTE

El gatopardo es una novela sobre el declive: su protagonista contempla, impotente, el desmoronamiento de un mundo. El deterioro económico y espiritual de la aristocracia se nos presenta a través de la evocación de los fastos mermados, de los palacios abandonados y de la esterilidad de las tres hermanas que se quedan solteras. Pero también se trata, tal y como sugiere el personaje de don Fabrizio, del final de una manera de vivir y de una cierta forma de pensar.

La muerte está omnipresente. El príncipe «corteja a la muerte» (Lampedusa 1980, 124), según Tancredi, y aparece a menudo invadido por una oscura melancolía. De hecho, don Fabrizio llama y personifica a la muerte en la figura de Venus y, ante la *Muerte de Justo*, de Greuze, el príncipe anticipa su propio final. En la séptima parte de *El gatopardo*, el autor emplea un tratamiento excepcional para representar a la muerte: esta experiencia se presenta desde el punto de vista del moribundo y así permite que el lector se identifique. Rara vez se adopta este punto de vista sobre la muerte en la literatura (Proust, *Los placeres y los días*, y Tolstoi, *La muerte de Iván Ilich*). Para acabar, debemos indicar el gran número de evocaciones realistas de la muerte que pueblan el relato, por ejemplo, la del soldado muerto, hallado en el jardín en el primer capítulo (Lampedusa 1980, 7), o las de las carroñas en descomposición (Lampedusa 1980, 10).

La novela es un análisis acerca del sitio del cambio y de la eternidad, respectivamente: frente a los cambios de la historia, el príncipe desea la eternidad, y esto se nota sobre todo a través de sus trabajos de astronomía. Además, su gusto por la Sicilia de los paisajes que no cambian nos habla de nuevo de su deseo de eternidad: «ese incesante paso de los vientos que pulsan su propio laúd sobre las superficies sedientas ayer, hoy, mañana, siempre, siempre, siempre» (Lampedusa 1980, 122). El príncipe busca la eternidad y quizás una cierta trascendencia que le procure tranquilidad, consuelo y felicidad, a pesar de los avatares de la vida política.

UNA ESCRITURA DE LA SUBJETIVIDAD

Quien toma las riendas de todo el relato es un narrador omnisciente, externo a la historia. Sin embargo, no se puede negar que el punto de vista dominante es el del príncipe de Salina. Efectivamente, las reflexiones del príncipe se nos revelan con el paso frecuente al enfoque interno, que se utiliza rara vez con los demás personajes (salvo en la parte dedicada al padre Pirrone, lo que permite tener otro punto de vista de los acontecimientos). De hecho, a menudo reina una ambigüedad acerca del origen de las opiniones vertidas: ¿se trata del narrador o de don Fabrizio?

Gracias a estos pasajes en los que se expone un enfoque interno, el lector entra en la mente del príncipe: accedemos al interior de un hombre reflexivo y meditativo, cuya personalidad tiene infinitos matices; descubrimos su soledad, sus dudas, su pesimismo, su visión de Sicilia, etc., y esto nos ofrece un testimonio de una auténtica filosofía existencial. De manera global, el hecho de que el enfoque interno se emplee poco en los demás personajes contribuye a reforzar la impresión de soledad del príncipe y el carácter deshilvanado de la aristocracia en declive.

El enfoque interno también permite la identificación y la empatía del lector, que observa la complejidad y la soledad del príncipe. También le confiere a la obra una potente tonalidad patética. Para acabar, permite que el lector tenga conocimientos sobre don Fabrizio, que penetre en el mundo especial de la aristocracia, que comprenda sus códigos y sus refinamientos singulares. Debemos señalar que sabemos lo que ha pasado durante las elipsis temporales entre cada parte porque se nos presenta a través de las reflexiones del príncipe.

PISTAS PARA LA REFLEXIÓN

ALGUNAS PREGUNTAS PARA PROFUNDIZAR EN SU REFLEXIÓN...

- ¿Qué relaciones establece Lampedusa entre los hombres y los animales en *El gatopardo*?
- ¿Qué lugar se reserva a la religión en la novela?
- ¿Qué visión del amor se desprende de la novela de Lampedusa?
- ¿Por qué cree usted que la novela no acaba con el final de la séptima parte, cuando muere el príncipe?
- ¿Qué elementos convierten a *El gatopardo* en una novela histórica?
- ¿Por qué cree que Lampedusa convirtió a don Fabrizio en un científico y, en particular, en un astrónomo?
- ¿Se puede considerar que la quinta parte de la novela, dedicada al padre Pirrone, es una digresión?
- El gusto de Lampedusa por la literatura francesa se comprueba en *El gatopardo*. El propio autor insistió en el carácter intertextual de su novela. Estudie en particular las variaciones sobre *Un viaje a Citerea*, de Baudelaire (*Las flores del mal*) y establezca una relación entre el final de la séptima parte y el episodio de la muerte de Baldassare Silvande en *Los placeres y los días*, de Marcel Proust.

¡Su opinión nos interesa!
¡Deje un comentario en la página web de su librería en línea,
y comparta sus favoritos en las redes sociales!

PARA IR MÁS ALLÁ

EDICIÓN DE REFERENCIA

- di Lampedusa, Giovanni Tomasi. 1980. *El gatopardo*. Traducido por Fernando Gutiérrez. Barcelona: Argos Vergara. E-book en PDF.

ESTUDIO DE REFERENCIA

- Crippa, Simona. 2007. *Le Guépard*. París: Hatier, colección *Profil bac*.

ADAPTACIÓN

- *El gatopardo*. Dirigido por Luchino Visconti, con Alain Delon, Claudia Cardinale y Burt Lancaster. 1963. Palma de Oro en Cannes en 1963.
  Esta adaptación cinematográfica del libro de Lampedusa es totalmente fiel al original. En especial, es destacable por la precisión de la reconstitución de Sicilia. Visconti, cuyas primeras obras se encontraban en la raíz del movimiento del neorrealismo, fue acusado, con *El gatopardo*, de ofrecer un clasicismo retrógrado. Sin embargo, la película de Visconti contribuyó a mostrar el valor universal de la novela, más allá de las cuestiones ideológicas, poniendo énfasis en la búsqueda existencial angustiosa de su personaje principal.